내 안에 너 있으리라

김대건 신부 탄생 200주년 기념 시집

내 안에 너 있으리라

김남조 외

시인생각

.

시로써 신부님을 기리며

모두가 아시는 일입니다. 김대건 신부님은 한국인 최초의 신부님이자 순교자라는 사실. 1821년 충남 당진 솔뫼에서 출생하시어 1846년 순교하시니 스물다섯 푸른 연세였습니다. 그러한 뒤, 올해가 바로 신부님 탄생 200주년이 되는 해입니다.

이를 기념하여 신부님의 고향인 당진에서 여러 가지 행사를 계획하면서 신부님을 기념하는 시집을 엮기로 하여 당진시청의 지원을 받는 당진문화재단이 발의하고 한국시인협회가 원고 수합과 제작을 맡기로 했습니다.

이 사업을 위해 당진 출신이면서 대한민국 예술원 회장이신 이근배 선생님이 수고하셨고, 당진문화재단의 박기호 이사장님의 노고가 크셨습니다. 한국시인협회 회원의 한 사람으로서 감사의 마음을 드리는 바입니다.

김대건 신부님이야말로 우리 민족의 자존이요 자랑이며 아무리 세월 가도 변하지 않는 영혼의 보석이십니다. 오늘날같이 정신이 혼탁한 시절에 더더욱 그리워지는 분입니다. 시작품으로 신부님을 기릴 수 있게 되어 매우 기쁘고 영광스럽습니다.

2021년 10월 26일
한국시인협회 회장 나태주 삼가 씁니다

김대건 신부 탄생 200주년 기념 시집

김대건 신부 200주년을 기념하여 그린 초상화_장 마리 자끼

당신의 손

강은교

당신이 내게 손을 내미네.
당신의 손은 물결처럼 가벼우네.

당신의 손이 나를 짚어보네.
흐린 구름 앉아있는
이마의 구석구석과
안개 뭉게뭉게 흐르는
가슴의 잿빛 사슬들과
언제나 어둠의 젖꼭지 빨아대는
입술의 검은 온도를.

당신의 손은 물결처럼 가볍지만
당신의 손은 산맥처럼 무거우네.
당신의 손은 겨울처럼 차겁지만
당신의 손은 여름처럼 뜨거우네.

당신의 손이 길을 만지니
누워 있는 길이 일어서는 길이 되네.
당신이 슬픔의 살을 만지니

머뭇대는 슬픔의 살이 기쁨의 살이 되네.
아, 당신이 죽음을 만지니
천지에 일어서는 뿌리들의 뼈.

당신이 내게 손을 내미네
물결처럼 가벼운 손을 내미네
산맥처럼 무거운 손을 내미네.

1968년 《사상계》 등단. 시집 『허무집』 외

이 빈 들에 그대 서다

강희근

그대 빈 들에 라틴어체로 서다
순교의 맥박으로 순교를 쓰다

빈 들에 서다가 쓰러지는 사람들
그대 빈 들에서 쓰고

빈 나라에 서다가 쓰러지는 사람들
빈 나라로 쓰다

그대 필체는 조선 갓끈이 내는 바람
라틴어체
황량하다 빈 들 쓰다듬다가 부드러이
매만지다가
제 자리 잡는 한 획,

한 허리다

1965년 《서울신문》 신춘문예 등단. 시집 『연기 및 일기』 『풍경보』 외

거대한 뿌리
— 솔뫼성지에서

고완수

아름드리나무를
허공에 세우는 것은
줄기가 아니다
땅을 움켜쥔 뿌리다
보이지 않는 것이
보이는 것을 키우듯

암막 같은 어둠이
배경일수록 별들은
더욱 또렷한 빛으로
자신을 드러낸다
그때의 어둠이
최후의 간증인 것처럼

새남터의 칼날까지
십자가로 짊어졌던
스물여섯 신부의
보이지 않는 믿음은
거대한 뿌리였다
이 땅의 천주교 키운

충남 보령 출생. 1999년 《동양일보》 등단. 시집 『누군가 나를 두드렸다』 등

달을 낳다

곽효환

겨우내 몇 번의 혹한이 다녀갔지만 좀처럼 눈도 비도
내리지 않았다
나는 불 꺼진 빈집에 들어
남쪽 드넓은 들판의 험준한 바위산을 어림한다
다른 산들에 기대지 않고 홀로 서서
푸른 밤이면 가랑이 사이에서 달을 낳는
슬픔의 깊이를

나는 안다
거기서 멀지않은 곳에
슬픔으로 가득한 지워지지 않는 바다와 포구가 있음을

나는 또한 안다
거친 수로를 맴돌던 바람 아직 잠들지 못하고
산정의 키 작은 나뭇가지 상고대는 꽁꽁 얼어있음을

나는 기억한다
혹한 속에서도 강바닥부터 조금씩 물이 흘러 물길을 열고
흐르는 것은 모두 크고 작은 슬픔을 안고 간다는 것을

나는 손을 뻗어 속삭인다
처마 밑 붉은 등 바람에 흔들리는 밤이면
거친 산등성이에 꽃망울 조심스레 잎을 낼 것이라고

나는 또한 말할 것이다
그 무렵 늦은 마음으로
나 다시 너에게로 갈 것이라고

1967년 전주 출생. 1996년 《세계일보》에 「벽화 속의 고양이 3」을,
2002년 《시평》에 「수락산」 외 5편을 발표하며 작품활동 시작.
시집 『인디오 여인』 외

망금정望錦亭*에 올라

구재기

너른 들녘 사이로
잇대어 흐르는 것이
어디 강물뿐이겠는가
산다는 것은
무겁고 가벼움에 따라
길을 만들고, 무너뜨리고
만들어지고, 무너지면서
결국 한 흐름으로 이어지다 보면
어느 하나
오붓하지 않은 것은 없다
강물이 강물끼리 웅얼대다
어제처럼 흐르는 흐림일 때
저절로 소모되다가
절로 갈앉아 없어지면서
다시 불러 모아 흐르면
하늘의 구름도
강물 속에 잠겨 흐르고
한낮의 햇살조차도 깊숙이 가라앉는다
한 세상 좋이 벗어나

뜻이라도 세우고자 하면
갖가지 상념들이 숱하게 일어나고
강물의 깊이를 들여다보면
강물도 나름으로 흐려질
어떠한 까닭이나 근거도 없다
들녘 사이, 사이로 흐르는
저 숱한 물줄기가
서로 아우르다 다시 여울져
흐려지는 큰 강물 속에서
저물어 가는 하루를 얼렁대는
바람 한 줄기와 마주한다

* 망금정望錦亭은 우리나라 최초의 신부인 김대건이 중국에서 사제
  서품을 받고 돌아온 것을 기념하기 위해 1845년에 지은 사적 제
  318호 '나바위성당' 뒤 금강변의 나바위에 세워져 있으며, 신부님
  들이 일상에서 벗어나 묵상과 성찰 기도 등 수련하던 피정避靜의
  장소이다.

충남 서천 출생. 1978년 《현대시학》 등단. 시집 『모시올 사이로 바람이』 외

해질녘 성지

권달웅

일부러 돌아가는 해질녘 길
새소리 같은 것
풀벌레소리 같은 것

어느새 붉어진 단풍들이
마지막 편지처럼
노을빛에 흩날린다

보금자리를 찾아
새들은 울면서 서쪽으로 날아가고
어두워오는 하늘을 향해
홀로 외치는

일부러 돌아가는 해질녘 길
물소리 같은 것
바람소리 같은 것

기울어져가는 석양이
고요한 미리내 성지를 찾아가는
내 마음을 앞서간다

1975년 《심상》 등단. 시집 『휘어진 낮달과 낫과 푸른 산등성이』 외

은총으로 맞이하는 오늘
― 김대건 신부 탄생 200주년에

김규환

삶의 역경 속에
사랑으로 쉼 없이 달군
복음의 빛이여

역사의 고리에
빠알간 진한 빛으로
포개어진 장엄한 십자가의 모습

시간 위를 날으는 당신 앞에
지난 발자국을 가로질러
200년의 기쁨과 평화 앞에

우리들은 여기 당신에게
모두 한뜻으로 두 손을 모았다

순간의 망설임도 없이
이곳 솔뫼*의 별빛으로

한반도의 입구를 열어젖히고
얼어붙은 공기를 헤집고
수평선에 드리운 채
연륜을 새겨놓고
영원한 자리를 잡으신 당신이여

기억하겠습니다
우리 눈에 보이지 않았던 것을
우리 귀에 들리지 않았던 것을
활짝 열린 마음으로
지난 200년을 돌아봅니다

새 역사를 기약하는 우리에게는
당신의 사랑이
그 어두운 박해 속에

땅에서 오르는 열기와
하늘에서 내리는 영광으로
구석진 작은 곳까지도

은총을 내리셨도다

* 김대건 신부의 탄생지(충남 당진시 우강면 송산리)

충남 당진 출생. 1989년 《시와시론》 등단. 시집 『오늘』 외

김대건 신부님의 편지

김금용

'그리스도는 당신 제자인 유다에 의해 넘겨졌고,
신부님들은 그들 제자인 신자에 의하여 넘겨졌습니다.
그리스도는 당신 아버지께 순종하여 기꺼이 죽음을 향
했고,
신부님들은 주교님께 순종하여 죽음을 택하였습니다.
그리스도는 최후의 만찬을 끝내고 떠나가셨고,
신부님들은 최후의 만찬으로 미사성제를 봉헌하고 떠
나갔습니다.'*

김대건 신부님이 1846년 백령도에서 붙잡혀 사형을 당
하기까지
페레올 주교님과 프랑스 신부님들께 보낸 21통의 편지는
하나님의 은혜와 믿음 안에서
극복된 사랑 고백이었다
용기 있는 사랑의 헌시였다

* 1845년 4월 6일, 서울에서 리부아 신부에게 보낸 11번째 편지
  내용을 정리한 것.

1997년 《현대시학》 등단. 시집 『각을 끌어안다』 외

성소聖召

김남조

성소는 가려진 살결이라
어디서 어떻게 오는지 왜 오는지
언제 오는지 모르며
주님께서 부르시매
사람이 "예"라고 대답하는 일이다

성소는 은밀한 음성
영혼에 닿아오는 부르심에
사람이 "예"라고 대답하는 일이다.
단순한 일이다 그러나
이처럼 오묘한 신비는 없다

주님의 부르심은
단지 부르심만이 아니요
주 함께 하심이라
아들아
네가 나를 원하기 전에
내가 먼저 너를 뽑으니
이로부터 언제라도

내 안에 너 있으리라

성소는
아득히 못 헤아릴 비의秘意
주는 어부시오
황금 어망에 사람을 낚으시니
주의 성소자들이
그 뜻을 따라 일하니라

아들아
나의 교회를 맡기리니
일어나 일하여라
하늘의 그 말씀에
소년은 "예"라고 대답한다
끓어오르는 눈물 무량하고
그 마음 불시에
악동의 깃발

살아 계신 예수성심이여
더없는 순명 "예"라 아뢰오니
삶과 죽음 간에 "예"라 아뢰리니
이 길이 저에게
지복지선이나이다

1950년 《연합신문》 등단. 시집 『목숨』 『귀중한 오늘』 외

절반의 종소리

김명회

아버지는 평생 종교를 모르셨다
벼가 누렇게 익어 수확을 앞 둔 계절
억센 비바람 예고 없이 들이쳤다
베어놓은 볏단 폭우에 떠내려가듯
당신의 흔적 휩쓸려 사라지기 직전
아버지는 처음으로 기도했다
사십칠 년 동안 걸어온 생을 종양과 교환한 후
요한이라는 세례명을 품고 가셨다
절반의 삶을 살고 먼 길 발 닿은 그곳

희미한 불빛
산과 나무가 잠든 밤에도
시간은 태풍의 속도처럼 달려
남겨놓은 절반의 심장이
어느덧 당신 떠날 때의 나이를 넘었다
밝은 빛만 비추어 달라고 기도한다
절반의 심장이 남아 당신의 꿈
요한이 이루고자 했던
구도의 길을 멋지게 걸을 수 있도록

말없이 사랑하라
누구의 소망 올라가는가
성당의 종소리는
하늘에 떠 있는 저 별처럼 포근히 감싼다

충남 당진 출생, 2007년《문학시대》등단

솔뫼

김미향

수령이 300년 된 나무들도 이슬 한 방울에 푹 젖는
솔숲,
바람의 길목에 친 침엽의 솔그늘이 무량無量한 해먹
같다
나무 한 그루 한 그루는 솔붓, 자필이 푸르므로
숲 그물에 깃든 서사는 순교의 패총,
차곡차곡 쌓인 단층이
솔빛 향기로 은은하게 빚은 서책 같다
숲 그늘의 갈피마다 서표인 듯 꽂혀 있는 솔가지를
한 장씩 넘겨 읽으면
촘촘하게 그늘로 직조한 바탕체로 쓰여 있는
음성상징어들
순례로 편저한 햇빛과 바람이 소나무 가지에 잔잔하다
어떤 경전이 이토록 성스러울 수 있을까
신앙의 못자리*에서 지핀 개혁으로
솔가지를 한 움큼 묶어 바람을 흠뻑 묻혀 쓴 교리
내포內浦에 깃든 한 성직자의 순교로
솔숲 이리 푸르른가

바람 또한 어떤 깨달음이 있어 순례의 길목이 되었을까
솔 그늘에 깔린 해거름으로 매일 경건한 의식이
치러지는
야트막한 능선을 통째로 편집한 한 권의 경전
어떤 박해에도 굴하지 않는 끊임없는 자아의
성찰이라는
버그내 순례길의 종착지, 솔뫼는
솔빛 문체로 집필된 성서이다

* 4대에 걸쳐 순교자를 배출한 솔뫼성지를 뜻함.

충남 당진 거주, 제5회 고산문학 詩부문 신인상

라파엘호*

김병호

바위투성이 해변으로 밀려와
제 몸을 쌓았던 당신을 기억합니다

눈 감으면 하얗게 얼어붙는 운명처럼
바다를 버리고 뭍으로 오른,
외롭고 먼 나의 당신이었습니다

수평선 부푼 단지 속엔 그렁그렁 울음만 차올라
발간 능금 같은 죽음이 담겨 있는데
당신은 마지막 발자국을 지운 채
상처 하나 없는 눈물로 떠올랐습니다

서녘의 별자리와 천둥의 호명과 더불어
스물다섯 제 숨을 다하고 새 저녁으로
순한 죽음을 빚었습니다

아무것도 아닌 얼굴로, 바다가 끝나는 푸른 낭떠러지의
비탈길로
오늘도 철벅철벅 바다를 밟으면

그날의 파도처럼 나의 기도도 함께 불타오릅니다

* 사제 서품을 받은 성 김대건 신부가 중국 상해에서 조선에서 돌아
  오던 중 풍랑을 만나 제주도 용수리 해안에 표착하게 되었는데,
  이때 타고 온 배가 라파엘호였다.

2003년 《문화일보》 신춘문예 등단. 시집 『밤새 이상을 읽다』 외

걷는 사람

김 산

눈보라가 치는 사막으로 한 사람이 걸어 들어갔네
어디서부터 얼마나 걸었을까, 구두창이 발바닥에 들러붙어
단단해진 굳은살 하나가 묵묵히 천천히 걷고 있었네
모진 풍파에 허우적거리던 팔다리는 죄다 닳아버렸는지,
더 이상 생각할 것이 없다는 듯 머리통도 잃어버린 채,
그 어떤 형체도 없는 한 덩어리의 슬픔만이 걷고 있었네
누군가는 소매를 붙잡고 앉아서 쉬었다 가라고 했지만
걷는 것이 쉬는 거라면서 어딘가로 계속 걷고 있었네
그 길 위에서 만난 기차와 구름, 흙먼지와 꽃씨들이 따라다녔지만
그는 웃으며 더 이상 따라오지 말라며 손을 흔들었네
그리하면 할수록 멀어져 갔던 것들이 그를 뒤따르곤 했네
어릴 적 툇마루에 누워서 봤던 북극성 옆의 작은 별들과
큰 비가 오면 고랑 사이로 흘러넘쳤던 피어나지 못한 얼굴들
멀어져서 돌이킬 수 없는 시간들이 다시금 길 위에 펼쳐지면
땅바닥에 무릎을 꿇고 엉엉 소리 내어 울고 싶었지만

그는 이내 마음을 추스르고 어떤 바람의 냄새 속으로
걸었네

끊임없이 무언가가 옥죄었지만 당최 내 것은 없었으므로,

입술을 꾹 다물고 사막의 눈보라 속으로 들어가는 검은
발자국

2007년 《시인세계》 등단 시집 『키키』 『치명』

김대건 신부님께

김상미

종교의 자유가 없던 시대
말할 수 없이 천주교 박해가 심했던 시대
독실한 천주교 집안에서 태어나
한국 최초의 천주교 신부가 되신
김대건 신부님.

천주를 향해
천주를 위해
열성적 전교 활동과
경건하고 당당한 신앙으로
하느님 사랑에 무력으로 찬물을 끼얹는 이들까지
하느님 말씀으로 보듬으며
배교를 종용하는 혹독한 고문에도
천주의 활짝 핀 꽃나무 한 그루로 순교하신
김대건 신부님.

성부 성자 성령의 이름으로
저도 오늘 한 사람의 천주교인이 되었습니다.
기도라는 하느님의 무한한 사랑의 파동으로

제게 두려움 없는 강 같은 평화를 주시고,
생각과 말과 행위로 더 이상 죄짓지 않게 하시고
제 의무를 소홀히 하지 않게 빌어주소서.

매일 아침 잠자리에서 일어나
보고 듣고 냄새 맡고 먹고 마시며
사람과 사물들을 다정히 어루만지고 껴안는
그 기적의 손길 또한 하느님 사랑임을 압니다.

4대에 걸친 순교자 집안의 천주교인답게
마음을 다하고 목숨을 다하고 정신을 다하고 힘을 다
하여*
하느님을 사랑하시는 믿음으로
신부님은 1846년 9월 15일, 서울 새남터에서 순교하
셨지요.

이제야 천주교인이 된 저는
신부님의 그 성스러운 발자취를 따라 버그내 순례길을
하나하나 따라 걷습니다.

신부님이 제 안으로 뚜벅뚜벅 걸어들어오시고,
그 길에 온유하신 하느님 은총과 제 믿음이
따듯한 햇살로 스며들기를 기도드리며,

지어낼 수 없는 감사함으로
제가 없어도 있는 더 큰 사랑 안에서.

* 마르코 복음서 12장 30절.

부산 출생, 1990년 《작가세계》 등단, 시집 『모자는 인간을 만든다』 외

하늘이시여, 하늘이시여!

— 성 김대건 안드레아 신부 탄생 200주년 기념

김성춘

절규하듯 외치는 신부님의 목소리 들린다
1846년 9.16일 새남터 순교

—나의 마지막 때가 왔습니다 여러분 귀를 기울어 들어
주시오
　내가 외국 사람과 통한 것은 오직 종교를 위해서 입
니다
　천주를 위하여 나는 죽어갑니다
　여기서 영원의 생명이 시작 됩니다
　여러분도 죽은 후 행복을 얻고자 생각한다면 천주교
신자가 되십시오!*

피가 끓는
신부님의 마지막 설교!

—말을 마치자 군졸들은 그의 옷을 벗기고
　관습에 따라 두 귀에 화살을 꽂는다
　(피가 목을 타고 줄줄 흘러 내린다)
　군졸 하나가 그의 얼굴에 물을 뿜고

회칠을 한다

군중 속에서 어머니와 베로니카가 숨을 죽인 채
처형 장면을 지켜본다
(하염없이 흐르는 눈물)

두 명의 군졸이 신부님의 양쪽 겨드랑이 밑에
두 개의 몽둥이를 끼워 넣어 앞뒤에서 걸머메고
군졸들 둥글게 선 바깥쪽을 세 차례나 빨리 돌린 후
신부님을 꿇어앉힌다*

한 가닥 밧줄로 신부님의 머리카락을 동여매어
그 한끝을 사형대로 쓸 말뚝에
뚫린 구멍에 끼워 잡아당긴다
신부님의 얼굴은 하늘을 쳐다보게 된다*

그러나 신부님은 눈썹하나 까닥하지 않는다

12명의 망나니, 시퍼렇게 날이 선 칼을 휘 두르며

목 베는 시늉을 하며 신부님을 에워싸고 돌기 시작 한다

신부님의 목은,
쉽게,
끊어지지 않았다.

아아,
스물여섯 꽃다운 나이
사제 생활 겨우 1년 1개월
하늘이시여! 하늘이시여!
왜 나를 버리시나이까
죽음의 칼날아래서도 칼날보다 더 의연했던
산 같은 김대건 안드레아 신부님
영성의 별이여
천국으로 가는 영혼을 위해 빌어주소서!

오늘 밤
섬광처럼 왔다가 섬광처럼 사라지는
별 하나 선명하다

우주 한 귀퉁이가
온통 오로라 빛으로 타 오른다.

* 한국 순교 성인전 (천주교 대구대교구 사목국 펴냄) '성 김대건
신부' 15 페이지 인용.
이승하 지음, '최초의 신부 김대건' 참조.

1974년 《심상》 등단. 시집 『방어진 시편』 『섬, 비망록』 외

한반도

김수복

오늘은 날이 쾌청하니

우리 남해의 먼동을 들쳐서 업고

압록강 너머 요동으로 가서

우리 노을이나 한 짐 지고 올까나

1975년 《한국문학》 등단. 시집 『지리산타령』 외

솔뫼성지에서

김여정

우리에게
우리 대한민국에
젊디젊은 청춘 바쳐
최초로 복음을 전도하신 성인
김대건 안드레아 신부님

탄생 200년의 강물은
영원이며 현재

신부님의 사랑의 전도와 고귀하신 순교로
하느님 양들 된 큰 은혜, 우리의 축복
오늘
김대건 안드레아 신부님과
우리에게 신부님 보내주신 하느님께
감사 기도를 올립니다 아멘.

1968년 《현대문학》 등단. 시집 『화음』 『겨울새』 외

솔뫼성지에서

김 왕노

어디로 달려가야 할지, 무엇을 지키려고 눈 부릅 떠야 할지
뜻은 있으나 義와 信이 없어 대산방조제의 갈대처럼 흔들린다.
천하가 울리도록 진군의 북을 둥둥 치지 못하는 나는
이 시대를 위해 순교도 하지 못하는 나는
솔뫼에 올라 한나절 당진에 뜬 낮달만 바라보는 무지렁이
나를 위로하듯 소나무에 앉아 구구구 울어주는 비둘기
해마다 오동나무 보랏빛으로 꽃으로 피었다가 뚝뚝 지는
천군만마를 길러 북벌하라는 할아버지 말씀 따르지 못한 채
믿음을 위해 목숨을 초개처럼 버려라. 는 말씀 따르지 못한 채
허기진 세상마저 구하지 못하는 더러운 내 심사
솔뫼에서 바라본 꽃 피는 당진의 풍경을 툭툭 털고 일어나

끝없이 꽃잎 분분이 휘날리는 미리내 벗나무 아래
로 가
  달빛에 칼춤 추는 망나니에게 단숨에 참수당해도 마
땅하다.

1992년 《매일신문》 신춘문예 등단. 시집 『도대체 이 안개들이란 』 외

천사들이 출연한 라이브 극장

김종해

평택의 주상복합 건물 2층에서 타오른 불길은
연기와 함께 4층 건물을 삼키기 시작했다
평택의 저녁 6시,
불길과 연기를 피해 4층 베란다 창에 모습을 보인
젊은 나이지리아인 엄마 뒤에는
아이들 셋이 엄마 몸에 매달려 있었다
1층 길바닥에는 담요와 이불을 펼쳐 든
행인들이 소리치며 발을 굴렀다
던져라, 던져라,
다 함께 외치는 그 처절한 떼창은
나이지리아인 엄마의 귀를 때렸다
4층 벼랑에서 엄마는 먼저 한 살짜리 아기를 던졌다
여섯 명의 천사 행인들이 펼쳐 든 이불 속에
아기가 무사히 안착하자
엄마는 다시 세 살짜리 아이를 던졌다
그리고 네 살짜리 아이를 차례대로 던졌다
마지막으로
젊은 나이지리아인 엄마의 육중한 몸을 받기 위해
지상 1층에서 이불귀를 잡은 천사 행인들은

어느덧 열여섯 명으로 늘어나 있었다
평택의 저녁 6시,
나이지리아인 엄마는 주저없이
4층에서 1층 이불 위로 몸을 던졌다
세상 살아가는 아름다움과
눈물겨운 그 생생 무대를
오늘은 평택에서 보았다

1963년 《자유문학》 《경향신문》 신춘문예 등단. 시집 『항해일지』 외

경외주의자

김지헌

선 채로 기도하는 사람들을 보았다
지상에 내린 모든 죄 사함을 위해
성당 마당에 미동도 없이 고개 숙인 사람들
가랑비가 빠르게 성호를 긋고 지나가도
뚝 뚝 거리두기 한 채
두 손 모으고 간절히 기도하는 사람들

나는 다만 모든 수고한 손들이 만들어 낸 성당의
아름다운 외관에 감탄하고 있었다
지상의 어느 후미진 곳엔
아무런 이해도 없이 저리 간절히 기도하는 사람들 있어
누군가 앉았던 빈자리에 가을 햇살로 내려앉아
고요히 말씀으로 채워지고 있었다
수다스럽던 여름이 소리만 요란한 채 물러가고
지금은 신의 계절
가만히 다가와 손 마주 잡아주는 신들의 시간
하여 나는 신에게 복잡한 물상을 맡겨두고
저리 간절하게 기원하는 이들에게
지상의 평화를 부탁하고

나 또한 마지막 촛불 한 자루 사루고자
강이 내려다보이는 카페에서 노트북에 썼다 지웠다
저녁의 한 풍경을 만들어내고 있는 것이다

1997년 《현대시학》 등단. 시집 『심장을 가졌다』 외

눈부셔라 김대건 안드레아 신부님

── 탄생 200주년 헌시

김후란

적막한 밤
어둠 속에 빛을 내뿜는 분
초월의 생을 사신 그 분
꺼지지 않는 빛으로 살아계시니
주님의 손길 그 어깨에 얹혀있습니다

미명의 언덕에서 말씀과 행동으로
신앙의 길 인도하시어
안개 짙은 인생길 밝혀주시니
선각자의 길은 성스러워라

그러나 스물다섯 해 그 길
참으로 귀하고 참으로 아파라

서울 새남터 백사장에서
무지한 자들의 잔혹한 처형에도
주님의 고통 몸으로 동참하며
오직 기도 속에 초인격적 초인으로
신앙에 눈 뜬 이들

이끌어주셨네

거룩하여라 신앙의 힘
거룩하여라 참된 인도자의 길
아득히 먼 세월 속에도
영원히 눈부시리 김대건 신부님

1959년 《현대문학》 등단. 시집 『장도와 장미』 외

동백

— 김대건 신부님

나태주

하얀 눈, 새하얀
눈밭에 어느 날 뚝
핏방울 하나
내려와 앉았다

그로부터 눈밭은
조금씩 핏빛이
번지기 시작했고

사람들은 뒷날
그 핏방울을
하늘의 선한
첫 열매라 불렀다.

1971년 《서울신문》 신춘문예 등단. 시집 『풀꽃』 외

사랑하는 사람이 미워지는 밤에는

도종환

사랑하는 사람이 미워지는 밤에는 몹시도 괴로웠다
어깨 위의 별들이 뜨고
그 별이 다 질 때까지 마음이 아팠다

사랑하는 사람이 멀게만 느껴지는 날에는
내가 그에게 처음 했던 말들을 생각했다

내가 그와 끝까지 함께하리라 마음먹던 밤
돌아오면서 발걸음마다 심었던 맹세들을 떠올렸다
그날의 내 기도를 들어준 별들과 저녁 하늘을 생각했다

사랑하는 사람이 미워지는 밤에는
사랑도 다 모르면서 미움을 더 아는 듯이 쏟아 버린
내 마음이 어리석어 괴로웠다

1984년 동인지 《분단시대》 등단. 시집 『접시꽃 당신』 외

작은 꽃이 하늘을 품듯

문정영

팔순 노모와 작은 꽃이 하늘을 품듯
낮은 언덕으로 산책을 간다.
몸이 무거운 노모의 꾸불텅한 지팡이,
30보를 걷고 걸음을 놓는 사이
저리 하늘에 먹구름이 들었을까.
언뜻 보이던 파란 하늘이 금방 지나갔다.

나는 공원 의자에 앉아 매미의 한철과
하루살이의 하루를 이야기한다.
노모는 멀리 보이는 모과를 무화과라 부른다.
나는 앞 못 보는 개미에 대해 이야기하고
장맛비에 씻긴 다섯 잎의 꽃송이를 노모는 예쁘다 한다.

지팡이가 되는 나무는 따로 있다.
따뜻한 손을 가져야 한다.
심하게 몸 비틀지 않아야 한다.

스물여섯에 바른 지팡이가 된 순교자가 있다.
순해서 오래 함께 걷고 싶은 어머니의 지팡이가 있다

1997년 《월간문학》 등단. 시집 『두 번째 농담』 외

동백

문정희

지상에서는 더 이상 갈 곳이 없어
뜨거운 술에 붉은 독약 타서 마시고
천길 절벽 위로 뛰어내리는 사랑
가장 눈부신 꽃은
가장 눈부신 소멸의 다른 이름이라

1969년 《월간문학》 등단. 시집 『새떼』 외

늦은 묵념

문현미

홀로 가신 가시밭 그 길은
가파른 좁은 길이었습니다

어리석은 자들의 거친 입김과 손가락질로
더욱 외롭고 쓸쓸한 길이었습니다

누구도 밟지 않았던 그 길
아무도 가고 싶지 않았던 그 길

모두를 품으시는 사랑으로 이끄시기 위하여
묵묵히 혹한의 길을 걸어가셨습니다

온몸으로 드리셨던 기도의 힘으로
먼지 자욱한 세상을 견디는 오늘
솔뫼 향기 그윽한 하늘을 우러러 봅니다

남이 볼 수 없는 것을 보셨고
남이 들을 수 없는 것을 들으셨던
산보다 더 높으신 믿음 앞에서

바다보다 더 넓으신 믿음 앞에서

숱한 시간의 수레바퀴가 지나간 지금
눈 먼 한 사람, 너무 늦게 무릎을 꿇습니다

눈부신 인내가 가득한 길을 따라
거룩한 눈물이 녹아 있는 길을 따라
다만 두 손 공손히 모으고 걸어 가게 하소서

가시에 찔리시며 흘리셨던 선혈의 핏방울
뭇사람의 가슴에 푸르른 나무로 자라고 있습니다

1998년 《시와시학》 등단. 시집 『가산리 희망발전소로 오세요』 외

새남터의 빛
― 김대건 신부

문효치

주님의 세상은
그냥 오지 않네
의로운 비밀과 반역
선연한 기둥 같은 빛의 효수에서 오네
―한번 나고 한번 죽는 것은 사람이 피
  할 수 없는 것이다
말씀이 세상을 지키고
―천주를 위하여 죽는 것이 나의 소원이니
말씀이 하늘을 지키네
그 하늘아래
그 세상에서
우리가 사네
하느님의 세상은
그냥 오지 않네
가장 크게 반짝이는 빛을
자르면서 오네

1966년 《서울신문》 《한국일보》 신춘문예 등단. 시집 『무령왕릉 나무새』 외

솔매에서 새터까지 순례를 떠납니다

— 성聖 김대건金大建 사제 탄생 2백주 희년을 맞아

박이도

솔뫼에서 새터까지 안드레아님의 발자취를 따라 갑니다
2백년, 부활의 희년禧年에 지상의 성지로 돌아오신
성聖 김대건 안드레아 사제,
예수님의 가시면류관을 우러러보며
고난의 순례길, 비아돌로로사 솔뫼에서 새터까지
천주님의 십자가를 지고 따라갑니다
장엄 자비의 은총을 누리소서

<재앙을 겹내지 말고 용기를 잃지 말고 천주를 섬기는
데서 물러나지 말고 오로지 성인들의 자취를 밟아서 성교
회의 영광을 높이고 주의 충실한 병사이며 참된 시민임을
증명하여 주시오. 사랑을 잊지 마시오. ~나의 죽음은 당
신들에게 확실히 뼈아픈 일일 것이오. 당신들 영혼은 슬
픔에 잠길 것이오.>

감옥에서 마지막으로 주신 말씀 되뇌며 순례의 길을 걷
습니다.

1959년 《자유신문》 신춘문예 등단. 시집 『있는 듯 없는 듯』 외

소난지도

박종영

통통배 잠 깨워 바다로 나가는 새벽
조그만 섬 하나 둥둥 떠 있다

붉게 피었던 홍등
하나, 둘 갯마을에 잠 깨고

밤새 정박했던 지느러미
힘차게 흔들며 바다로 나간다

고패질에 꿈들이 매달려 올라오고
거친 숨 몰아쉬며 갑판에 퍼덕이는 사내의 심장

갯벌 파헤치는 낡은 삽질 소리
줄줄이 올라오는 낙지에 허리 끊어지는 줄 모른다

밀물 썰물에 몸 헹구던 바지락 소리
소금기 얼굴 가득 피어나는 환한 미소가 즐겁다

2017년 《시와정신》 등단. 시집 『우리 밥 한번 먹어요』 외

위대한 탄생
― 장-마리 자끼 화백님께

서승석

오늘 당신이 영성靈性을 다 바쳐서 완성하신
성 안드레아 김대건 신부의 초상화를 받았습니다.
화폭에서 쏟아져 나오는 신비로운 광채에
눈을 뜨지 못하였습니다.
제가 처음 파리에 갔을 때
환상처럼 우러렀던 노트르담 성당의
스테인드글라스 성화와는 또 다른
알지 못할 감동과 기도가 몸을 떨게 하였습니다.
당신의 한국사랑은 너무 깊어서
서울에서 몇 차례 전시회를 열었지만
올해 김대건 신부 탄생 이백주년을 맞이하여
먼 파리의 하늘 밑에서
성령과 은총으로 낳은 이 초상화는
서울의 하늘에 큰 축복의 빛으로
오래 오래 떠오를 것입니다
스물다섯 짧은 생애로
1846년(헌종12) 9월 16일
한강변 새남터에서 군문효수형으로 순교하신
성 안드레아 김대건 신부는

오늘 당신의 성화 속에서
부활하고 있습니다
이 위대한 탄생에 성배를 올립니다

시집 『자작나무』 외

바닷가 수도원

손택수

거울 속으로 삐딱하게 바다가 기울어 있습니다
통통배가 떨어트리고 간 해녀들 숨비소리에 동백 잎사
귀가 쫑긋거립니다
산 너머에서 흑염소를 몰고 곧 저녁이 올 것입니다
저녁은 쇠방울 소리가 납니다
방울이 쇠에 부딪히는 소리를 따라 별이 뜨겠지요
가을볕도 피정에 들 시간
명절 앞날 고향에 가지 못하는 사연들이 저만 있으려
구요
바다라도 건너듯이 아니 연륙교 다리라도 걸어 내듯이
수도원에선 저도 섬이 될 수 있을지 여쭙니다
파도 소리에 잠이 오지 않는 몇 날도 지나고
파도 소리 없인 잠 못 드는 몇 날도 지나고
어느 순간은 파도 따라 숨을 쉴 수 있으런지요
수도원 아래 파도가 구불거린 흔적이 모래밭에 가득합
니다
어머니의 낡은 빨래판 같습니다 어머니
문지른 빨래판 주름이 남아있는 옷을 저는 참 부끄러워
했는데요

천 날을 문지른 그리움 탈탈 털어 수평선 위에 널어보
겠습니다
　어머니는 오늘도 행상을 다니면서 저를 생각하고 있겠
지요
　독거의 밤 누가 오지 않을까 현관 등을 끄지 못하고 있
겠지요
　여위는 나뭇가지들이 손금처럼 하늘로 뻗어 갑니다
　별자리가 흐르는 손금 위로 한 등 두 등 집어등이 켜집
니다
　창마다 동백등도 켜지고, 이 밤 저는
　바닥도 없는 깊이를 향해 떨어져 내리는 나뭇잎 하나를
생각합니다
　떨어지는 나뭇잎 따라 흔들리는 나무의 자세가 제 기도
가 될 수 있기를
　나무가 수평선과 만나 이룬 구도가 십자성호가 될 수
있기를
　수사들이 오르내리는 계단 위에 밤이 앉아 있습니다
　이 밤을 위해 제가 켜 드는 등은 오직 침묵뿐인가 합
니다

뒤척이는 모래들 등을 부비는 소리에도 눈이 떠지는 침묵뿐인가 합니다

1998년 《한국일보》 신춘문예 등단. 시집 『나무의 수사학』 외

김대건 신부님

신달자

저기 오시네
흰 두루마기에 검은 갓을 쓴 예수님
누가 봐도 대한민국 토종 모습으로 오시는
예수님
두 손과 두 발목과 허리에
못자국은 없습니다만
심장에 혈관에 온몸 살과 뼈에
못 자국이 있는 예수님
예수님을 가슴에 안고 생명으로 안고 위기 속을
십자가 지고 예수님처럼
예수님을 나누려고 예수님을 심으려고
자신의 생명보다 더 소중히
생명 목숨을 목숨 생명을 몇 천 번 던진
몇 만 번 던진
기어이 예수님 부활을 온 세상에 부활시키려
두 발도 두 손도 가슴도 뼈도 살도 다 바친
모두 모두 불사른 예수님
아주 작은 예수님 아주 큰 예수님
나는 죽고 이거 하나는 반드시 살려야 하는

성령의 빛

그렇게 죽었지만 200년 후에도 너무 선명히 살아오신
예수님.

1964년 《여상》 등단 시집 『열애』 외

그가 오고 있다

신중신

그가 오고 있다
부르튼 입술, 행낭 하나 늘여 메고
신앙숨결 가쁘게 기다리는 곳으로
험난한 길 걸어오고 있다.

부르는 손짓 있어
큰 바다 심장이 울렁이듯 울렁거리듯
낯선 나라에서 아홉 해 파란만장한 세월로
새 세상에 눈 뜬 젊은이가
꿈에 그리던 고국으로 돌아왔다.

그가 혼신을 다해 일으켜 세우려한 것,
왕조의 짙은 어둠을 지우고 퍼내
이 땅에 불사의 생명씨앗을 심는 사도직에
한 해 여 안간힘 쏟다 치명한
핏빛 목숨이여, 아, 성 김대건 안드레아!

마침내 우련히 밝은 빛을 보라
가시밭길 헤치고 첩첩 위기를 넘나든

그 입술 깨문 믿음이
이승과 하늘을 잇는 다리 놓았느니

지금도 그가 오고 있다
등진 사람 귓전에는 속삭이는 목소리로,
무딘 가슴팍 쾅쾅 두드려
기쁜 소식 전하는 젊은이가
오늘도 우리 앞으로 걸어오고 있다.

1962년 《사상계》 등단. 시집 『투창』 『아름다운 날들』 외

솔뫼성지 이는 바람

심장섭

소들 평야 펼쳐진 솔밭 한자락
순결한 삶과 순교에 서늘함은
음지 볕 슬쩍 올려놓고 달아나는 겨울 빛
사목의 아픔은 아직도 노을을 뜯는 솔잎처럼
푸른빛으로 관조하고 있다
찢겨진 상처 자국 아직도 그대로 인데
회화나무 껍질 속으로 파고든 쇠붙이
살이 되어 아직도 상흔의 푸른 등줄기 가시처럼
서슬 퍼렇게 지느러미 흔들며 펄럭인다
생가 주위를 맴돌며 정지된 동상 앞에 앉아
의미를 하나씩 건져 올리듯 머리를 좌우로
흔들며 날개를 접고 촉각을 세우던 고추잠자리
비애를 끌어안은 듯 한참 그곳을 벗어나지 못하고
주위를 맴돌다 바람결에 어디론가 날아가고
고독의 흔적조차 지우려 의연하게 서있는 안드레아
새로운 경지의 찬란한 빛 솔뫼를 밝히고 있다.

충남 당진 출생. 2004년 《공무원문학》 등단.
시집 『건드리지 않아도 눈물이 난다』

성경책

안경원

외할머니의 세로쓰기 성경책이 생각난다
어머니의 성경책도 작은 글씨 세로쓰기였는데
가로쓰기로 바뀌고 오랫동안 보시던 성경책이 있었다
22년 된 나의 성경책은 꾸준히 내 곁에 있다
이제는 스마트폰에 성경 전체가 들어있지만
색연필 표시와 메모가 있는 성경책이
오래된 친구 같다

성경 속 시공간과 사건과 인물을
창조와 종말 예언을, 고대 제국의 흥망성쇠를
남의 일처럼 읽던 때가 있었다
살아갈 날이 더 많던 때
그때 내다 본 미래는 짐작보다 힘겹고
암중모색에 전쟁터임을 확인하며
그 이야기들은 지금 여기에 와 있다
성경책에 21세기 불안을 깨는
직격탄이 있지는 않다
예언자들은 더 이상 보이지 않고
있다 해도 믿을 수 없는 분석이 되리라

신이 숨은 시대라지만
사람들의 간절한 기도는 끊이지 않는다
속수무책에 다급하고 누구도 믿을 수 없는 때
불안이 일상이 된 세상살이에
기도가 무슨 힘이 있을까만
하늘에 닿기를 갈망하는 기도는
거짓과 허세와 오만을 버려야하니
버림 속에 힘이 있다

세상을 통과해서 가야하는 길
말씀의 얼마큼을 따르며 왔는지
마음이 가난한 자가 되려고는 했는지
진정으로 의에 주리고 목말라했는지
하나님 앞에 서면 변명의 여지가 없을 텐데

기나긴 여정을 거쳐 온 성경책에서 들린다
꽃잎에 이슬방울 떨어지는 소리부터
헛된 꿈이 무너지는 굉음과

흐릿한 눈을 씻어주는 물소리와
심장을 갈아끼우는 천둥소리까지

1977년 《현대문학》 등단. 시집 『오늘 부는 바람』 『고요의 힘 』 외

강

안도현

너에게 가려고
나는 강을 만들었다

강은 물소리를 들려주었고
물소리는 흰 새떼를 날려보냈고
흰 새떼는 눈발을 몰고 왔고
눈발은 울음을 터뜨렸고

울음은 강을 만들었다
너에게 가려고

1981년 《대구매일신문》 신춘문예 등단. 시집 『서울로 가는 전봉준』 외

수혈輸血

오세영

아직도 제 피는 붉습니다.
나무들의 피는 맑은데……

세상 문 닫고
홀로 당신 앞에 꿇어 앉아
피정避靜으로 보낸 그 석 달.

어찌할까요?
겨울 지나 봄 되어도
하나님,
저는 아직 하늘이 보이지 않습니다.

일흔 번 씩 일곱 번을 용서해 주어도
죄 많은
막달라 마리아.

하나님,
어찌해야 제 혈관에
고로쇠 그 맑은 수액을 돌게

할 수 있을까요.*

봄 되어 나무들은
저토록
파란 하늘을 우러르는데

* 한국에서는 이른 봄 부활절을 즈음해서 고로쇠나무의 수액을 받
  아 마신다.

1968년 《현대문학》 등단, 시집 『사랑의 저쪽』 외

청동 입상

오정국

서두를 읽으면 결말이 보이는, 그런 통속극은
재미없지, 미완성이 아니라
생략된 리얼리티, 스토리의 맥락을 끊어놓은
거칠고 험한 손길을 보네

솔뫼 언덕길의 청동상들
십자가를 지고 있거나
무릎 꿇고 기도하거나
수건으로 이마를 가리고 있는데

팔다리의 눈부신 곡선들이
옆모습 뒷모습으로 자취를 감추네
거기, 묵직한 자루 또는
혹 덩어리들

기형인 듯 불구인 듯
불구를 딛고 선 불구의 형상인 듯

그 얼굴의 고통은 정지되어 있네

"주여, 차라리 제 등을 깨뜨리소서"
"빛의 주먹을 내리치소서"
"이 얼굴의 수건을 불태우소서"

섣불리 내뱉어선 아니 될 말들
청동상 깊숙이 파묻어 버린
손자국을 보네

더 이상의 기도와 참회를
허용하지 않겠다는

1988년 《현대문학》 등단. 시집 『파묻힌 얼굴』 외

오누이

오탁번

1991년 여름 인도 여행을 갔을 때
캘커타 자비의 집으로
테레사(1910~1997) 수녀님을 찾아뵈었다
얼굴에 깊은 주름이 하도나 많아
송아지가 싸대놓은 메밀밭을 보는 듯
다 낡은 삼베 적삼 옷깃을 보는 듯
수녀님은 사람이 아니라 자연이었다
서양인 부부는 수녀님 손에
키스를 하며 눈물을 흘렸다
나는 수녀님과 악수를 하고 나서
지갑에서 100불을 꺼내 드렸다
나는 눈물이 나지 않았다

그로부터 30년이 흐른 2021년
안드레아 김대건(1821~1846) 신부님을
유네스코에서 세계기념인물로 모셨다는 뉴스가 뜬다
신부님은 올해 200살을 잡수셨는데도
갓을 쓴 초상화는 아깝게도 새파란 청년!
뉴스가 끝나

눈을 감고 곰곰 생각에 잠기니
아니 이게 뭔 일이냐
새남터에서 십자가의 길 Via Crucis을 따라
스물다섯 살 나이로 하늘로 가신 신부님이
내가 뵌 테레사 수녀님과
노을이 지는 미리내 물녘에
띠앗 좋은 오누이처럼 서 있는 게 아닌가

아흔 살이나 차이 나는데 오누이라고?
하지만 하느님의 자녀들은
원래 터울이 많이 지는 것 아니겠나
두 볼이 버슨분홍빛이 되어
미리내 물결에 물수제비뜨면서
무심한 하느님 흉도 보는 오누이가
소곤소곤 나누는 말씀 귀동냥해 들자니
에꾸나! 어쩜 좋노
와 이래 눈물이 막 나노

* 종교인으로서는 테레사 수녀에 이어 두 번째로 김대건 신부는
  2021년 유네스코 '세계기념인물'로 선정되었다.

1967년 《중앙일보》 신춘문예 등단 시집 『손님』 외

성聖 김대건 안드레아 신부님 탄신 200주년 희년에 어눌한 기도 한 말씀 올립니다

유안진 글라라

따라 살 수는 절대로 없고
감히 흉내도 낼 수조차 도저히 없어
어찌 무엇이나 할 줄 아는 게 아무것도 없어
다만 드높이 찬양하올 뿐
감히 희년기도 몰래 드리고 또 드릴뿐
다만 바닥에 엎드려 깊은 절 드리올 뿐
다만 몰래 닫힌 입술로 사랑하고 사랑하올 뿐
저 같은 게 할 수 있는 그 무엇도 몰라서
무릎 끓어 200주년 희년기도만 바칩니다
성聖 김대건 안드레아 신부님과 동료순교성인들을 위
해서가 아니라
늙고 병 깊은 저 자신을 위해서요
죄악에 쩔어들어, 믿음 없고 희망 없고 사랑 없는 세상
과 인류를 위해서요

육로 해로 이역 땅과 바다 험준한 수억 만만리
그 숱한 위험과 고통만이 노리는 험로險路를
우물 안 개구리 같은 조선朝鮮의 버선과 짚신으로 무

수히 오가며,

　하느님나라를 세우신 그 믿음 그 희망 그 뜨건 사랑에

　다만 놀라고 감탄하며, 하느님의 뜻이 아니고서야

어찌…

　26살, 가장 꽃다운 나이에 꽃 피워 본적도 없이

　망나니의 칼 아래 떨어진 장엄하고 눈부신 하늘꽃송이

시여

　무지몽매한 조선 땅에 위태로운 한 가닥 등잔燈蓋불이셨

으니

　금년 탄신 200주년! 이 땅이 생긴 이래 최초의 사제司祭

　그것도 만리타국을 찾아가 사제 서품을 받으신

　성聖 김대건 안드레아 신부님이시여

　지금도 이 나라와 이 백성을 위해서

　지구 위 모든 나라와 모든 백성을 위해서

　쉬임없는 간청으로 세계적 온갖 위기에도 이만치나 건

재해온 줄 믿습니다.

　우매하고 비겁하고 믿음 없고 게으르기 짝이 없는 저희

들이

때 묻은 입술로 주님을 마음껏 외쳐 부를 수 있고
주님성전 문전을 때 묻히며 마음대로 드나들 수 있으니
그저 죄송도 무한, 감사도 무한일 따름
성聖 김대건 안드레아 신부님이시여
처음같이 이제와 항상 영원히
저희를 위해 빌어주소서, 아멘 아멘 아아멘!

1967년 《현대문학》 등단. 시집 『절망시편』 외

청년 김대건

유자효

"천주님이 계시다면 왜 너를 돕지 않으시냐?"
심문하는 관리가 물었다.
끊임없이 그를 괴롭히는 질문이었다.
혹독한 고문을 견디어 낸 대건 안드레아 신부.
그의 대답은 이러하였다.
"나는 천주를 위해 죽는 것입니다.
영원한 생명이 내게 시작되려고 합니다.
주교님, 어머니를 부탁드립니다."
그의 고뇌, 그의 유혹, 그의 효심은
1846년 전 이스라엘에서 예수님이 겪으신
고뇌와 유혹, 효심과 같은 것이었다.
그리고 죽어 끝내 이루어낸
그의 승리
그의 영광도
예수님이 이미 보여주신 것과 같았다.
연약한 우리는 숱한 가시밭길을 걸어가지만
강철 같은 믿음은 긴 영광의 길로 인도한다는 것을
보여준

스물여섯 살 청년
김대건 신부.

1972년 《시조문학》 등단. 시집 『신라행』 외

오래된 성읍城邑

유재영

성읍엔 기쁨으로 띠를 두른 산과 골짜기엔 살 오른 고기들이 뛰어 오르며 때맞춰 내린 우로에 정금 같은 알곡들은 곳간마다 차고 넘쳤다. 소고를 두드리는 여인들의 심장은 어떤 환란 중에도 셀로판지처럼 충만함으로 떨렸다. 들판에선 갓 태어난 송아지가 비틀거리며 어미젖을 빨고, 꽃 대궁마다 봉한 포도주처럼 분홍빛 꽃물들 가득 차오르니 저가 그 성실함으로 기르고 그 손의 공교함으로 지도하였도다. 낮은 품삯에도 즐거워하는 일꾼들은 값없이 저녁노을을 바라보며 각자 거처로 돌아 가 하루 중 행악의 거친 손을 씻고 자기의 무화과를 배불리 먹을 것이며 자기의 우물물을 마실 것이다.

1973년 박목월 시인으로부터 시, 이태극 선생으로부터 시조 추천.
시집 『한 방울의 피』 외

응시

윤 효

파장 무렵 시장통 한 모퉁이 가로등 아래 손수레 받쳐
놓고 할아버지 한 분이 성경을 읽고 있었다.

밥집 앞에서 연신 땅바닥을 쪼아대던 비둘기 한 마리가
그 모양을 그윽이 쳐다보고 있었다.

1984년 《현대문학》 등단. 시집 『물결』 외

골배마실 성지에서

이건청

나 사는 집 가까운 곳에
골배마실 성지가 있습니다.
용인시 양지면 파인 리조트
거기로 사우나 갈 때면 성지에도 들러오곤 하지요,
김대건 일가가 솔뫼에서 옮겨와 자리잡은 곳
골배마실 성지,
성 김대건 안드레아 신부님 생가 터,

뱀이 많은 동네여서 '배마실', 윗동네 산골짜기,
'골배마실'에 숨어 살았다지요,
소년 김대건, 산 넘어 은이 마을 오가며
불란서에서 온 모방 신부를 숨어서 만났다지요,
세례도 받았다지요,
세례명 '안드레아'는 신심 굳은 15세 소년,
신부수업 신학생으로 선발되어 마카오엘 갔다지요
거기서 한국인 최초의 신부 서품을 받았다지요
김대건 안드레아 신부님,

숨어살던 아버지 체포되어 간 곳

신부 서품 받고 돌아온 신부님이
풍찬노숙 떠돌던 우르술라 어머님을 다시 만난 곳
골배마실 마을,
1846년 새남터에서 효수된 신부님 시신이 몰래 수습되어
무덤 속, 우루술라 어머님을 뵈온 곳 골배마실,
죽은 어머님 뵙고 미리내로 가 묻힌 신부님,
성 김대건 안드레아 생가 터 골배마실 성지,

오늘은,
가을 풀벌레들의 교향도 한창이네요
이 땅의 코발트빛 하늘 저 켠으로 일찍 온
기러기들이 떼지어가네요

200여 년 전 골배마실 마을에서 바라보던 가을 하늘에도
오늘처럼 기러기는 떼 지어 오고,
또 갔겠네요.
성 김대건 안드레아 신부님.

1967년 《한국일보》 신춘문예 등단. 시집 『실라캔스를 찾아서』 외

수련에 닿다

　　이규리

수면 위에 하얀 물 뺨을 내놓고 여긴 아직 새벽이야
조금 더 자도록 해

그 화법엔 천의 목소리가 스며있었는데

살아도 살지 않는 이 고요를
한사코 집중하는 기운을
꽃들의 기도라 할까

낮은 음으로 내려가
질척한 영혼들의 넝쿨을 목에 걸고

흰 옷 입은 누가 물 위를 걸어서 가시나
첫 길을 내시나
함께 따라나서던 물빛 출렁이며 멀리 반짝이며

네가 있으니 내가 있으라

오래 견디면 잘 기억하면 너도 죄도 모두 꽃이라

하얀 물 뺨을 햇살에 털면서

사랑은 아침이야

이토록 빛나는 당신의 아침이야

1994년 《현대시학》 등단. 시집 『당신은 첫눈입니까』 외

사람은 산이 되고 산은 하늘이 되어

이근배

우리나라는 소나무 산의 나라
늘 푸른 소나무 동산 아래
집들이 모여 사는 동네가 많지요
그 가운데 서해안 뱃길 오가는
당진 고을 솔뫼마을에서
성인聖人 수선탁덕首先鐸德*
김대건 신부가 첫 아기울음을 터뜨렸어요
나라는 한밤중이고
겨레 깊은 잠에 들던
저 이백년 전 팔월 스무하룻날
아마도 보이지 않는 빛기둥이 솟아올라
하늘을 떠받치고 있었겠지요
아기는 자라면서 오직 한길
십자가와 면류관을 향하여
기도와 영성과 은총의 가시못 길을 걸으셨겠지요
너무도 짧은 스물다섯 나이로
새남터에 순교의 보혈寶血을 흘리시매
내 나라의 어둠을 깨치는 횃불이 되고
세계 카톨릭사에 이름을 새겼지요

올해 탄신 200주년을 기려
유네스코가 세계의 인물로 모시니
어느새 '솔뫼'는 하늘 위에 높이 걸렸네요
그동안 김대건 신부는 살아 계시어
사람의 사람, 산의 산, 하늘의 하늘이 되신 거지요
오늘 나라와 인류를 보듬는 사랑의 손길 잡아주시러
이 땅에 돌아오신 거지요

* 우리나라의 첫 신부.

충남 당진 출생. 1961년과 1962년에 다수의 신춘문예 당선.
시집 『한강』 외

솔뫼

― 성 김대건

이상호

하늘로 사라지지 않고
땅으로 꺼지지도 않는

하늘과 땅 사이
높은 뫼 마루턱

한 뫼의 키를 더 높이며
우뚝 선 소나무 한 그루

200해 바람서리에도
푸른 피는 더 푸르러

숨 막히는 누리
숨통 틔워 주는

맑고 드높은
마음 나눔이

1982년 《심상》 등단. 시집 『너무 아픈 것은 나를 외면한다』 외

신神의 생각

이수익

더 가야 할
길이 끝없이 펼쳐진 사막 위로
신神은, 이따금씩 신기루를 보여주면서
단조로운 모랫빛 절망으로부터 공포로부터
다시 사람들을 일으켜 세우듯이,

얼어붙은 시간 속
어두운 새 한 마리 날지 않는
저 극지, 황량한 무인지대와 얼음바다 위로
신神은
전율하는 색채의 오로라를 비쳐주면서
몇 달 간의 밤을 잠들 수 없는
얼음과 눈에 갇힌 사람들을 위로한다.

그렇게 온 천지에
신神의 생각이
들어 있다.

1963년 《서울신문》 신춘문예 등단. 시집 『우울한 상송』 외

새남터 망나니의 독백

이승하

한강 백사장이 오늘따라 더 하얘 눈부시네 모래 위에 꽂힌 깃대의 깃발들 제가끔 푸르르 떠는데 까마귀들 무엇을 먹겠다고 저렇게 몰려와서

저 젊은이 머리 이제 곧 백사장에 나뒹굴 것이다 나이 고작 스물여섯이란다 망나니 생활 삼십 년에 저런 홍안은 처음이네 저렇게 태연할 수가

군문효수軍門梟首…… 낭독하는 사형선고문에 나와 있었다

전례대로 두 귀에 화살을 꽂았소 피가 목을 타고 줄줄 흘러내렸소 두 군졸이 양 겨드랑이 밑에 두 개의 몽둥이를 끼워 넣어 앞뒤에서 걸머맸다오

오늘 우린 저 총각을 염라대왕한테 보내야 한다 빨리 목을 베자 조금이라도 덜 아프게 말야 장가도 못 갔다는군 애비 증조할배 작은할배 줄줄이 효수형

서학괴수西學魁帥······ 포도대장님이 그렇게 말씀하셨다

우리는 업이 망나니다 술도 고기도 칼을 휘둘러야 생기고 주막집에도 봉놋방에도 피 묻은 칼을 씻어야 갈 수 있단다 하늘 우러러 뭐가 부끄럽겠냐

그때 느닷없는 외침 소리 빙빙 돌다 정신 차려 보니 그만 도시오 어지럽소 빨리 내 목을 치시오 나는 준비가 다 되었으니 어서 내 목을 자르시오

수선탁덕首先鐸德······ 그렇게 말한 사람이 있었다

각자 한 번씩 내려치기 시작했소 젊은이라 그런지 목은 쉽게 끊어지지 않았소 한 칼 두 칼 세 칼······ 여덟 번째 칼을 맞자 비로소 나뒹구는 머리

형리가 머리를 주워들었소 목판에 얹어 포도대장 앞으로 가 검사를 받았소 다들 수고 많았다 물러가 목을 축이도록 하라 그날 밤엔 술을 못 마셨소

안드레아…… 교인들은 그를 그렇게 불렀다

임금을 안 믿고 하늘나라의 임금을 믿는 것은 죽을죄인데 왜 그런 죄를 지었던 것일까 죄를 지었으면 용서해 달라 빌어야 하는데 곧 죽어도 꼿꼿하게

지금도 잊히지 않는 것은 그 의연한 표정과 그 말 그만도시오 어지럽소 빨리 내 목을 치시오 나는 준비가 다 되었으니 어서 내 목을 자르시오

1984년 《중앙일보》 신춘문예 등단. 시집 『생명에서 물건으로』 외

밝고 환한 빛

이은봉

밥보다 소중한 무엇이 있다
떡보다 귀중한 무엇이 있다
아끼고 가꾸어야 할 것
깊이깊이 끌어안아야 할 것

더러는 넓고 깊은 별 같은 것
때로는 밝고 환한 빛 같은 것
가끔은 어둡고 그윽한 동굴 같은 것

세상을 움직이는 말씀이 있다
세상을 일구는 법칙이 있다
세상을 바꾸는 근본이 있다

그것을 찾고 구하기 위해
배를 타고 떠난 15세 소년이 있다
마카오로 떠난 사람이 있다

기어이 그것을 찾고 구한 사람
가슴에 꼭 끌어안은 그것이 되어

조선으로 돌아온 25세 청년이 있다

밥보다 떡보다 더 소중한 것,
그것을 지키고 펴기 위해
당당하게 천국으로 걸어 들어간
26세 너무도 벅찬 청년이 있다.

1984년 《창작과비평》 신작시집을 통해 등단. 시집 『봄바람, 은여우』 외

순례자의 기도

이정음

천국의 뜻을 세우기 위해
이 대지 위에 세웠던 걸음들
도포 자락 날리며 오가던
긴 세월 방조제 둑길
그 햇빛 찬란히 빛나던 날
연호지에 피었던
피처럼 붉은 연꽃처럼
육신의 허망함을 버리고
한 송이 꽃으로 피어날 것을
다짐했던 타오르던 그 속마음
푸른 산과 냇물은 알았으리라
길가에 꽃잎은 보았으리라
가볍게 새처럼 영원을 향해
이 영혼 하늘로 올라가리라
높은 하늘 위에 두었던 뜻
마음은 끝없이 아득한데
당신이 걸어갔던
그 길을 따라가네.

충남 당진 출생. 《농민문학》 시 신인상 등단

생명 시를 쓴 안드레아 김대건

이종미

허공을 가르는 저 손
잡초 속에 몸을 세운 외로운 줄기
의지 없는 흔들림에 마음이 간다
오랜 시간 버려진 언덕
아무것도 잡을 수 없는 허공에서
한줄기 초록으로 생을 잇는 저 손
몇 차례 흩뿌린 빗방울과
절망의 허공을 채우는 바람 있어 다행일까
좁고 기다란 절벽일지라도
한 줌 흙을 의지하여
연초록 생명을 무덕무덕 피웠다
장마 중에 틔운 숨결 자라
지천에 찍은 아기 손톱 같은 희망
수백 수천 송이가 모여서 이루는 춤사위란
푸른 절벽에 쓴 하얀 시다
결코 혼자의 삶이 아닌
수천 개의 손을 잡고 쓰는 생명의 시다

2008년 《지구문학》 등단. 수필집 『그 여자 죽이기』 외

눈사람

— 김대건 신부를 위하여

이준관

나, 열네 살 때
눈 오는 밤 눈길을 걸어가
전주 전동성당*에서
당신을 만났습니다

무릎을 꿇고
신부님이 주시는
성찬의 밀떡을 먹으며
당신을 보았습니다

당신은 천사의 아이들이 만든
눈사람

이 세상의 모든 어둠을
하얗게 닦아주고
이 세상의 모든 추위를
품에 안고 녹여주던 눈사람

제 몸이 녹아
살과 피를 모두 내어준 자리

당신은
천국의 열쇠
민들레꽃으로 피어나셨습니다.

* 가톨릭 신자들을 사형했던 전주 풍남문 밖의 순교터에 세워진
성당.

1949년 전북 정읍 출생 《심상》 등단. 시집 『황야』 외

꽃잎

이채민

머뭇거리지 마라

너의 무게는 어느 곳에 내려놓아도 좋으리

아가 곁에 누워도 좋고

파지 한가득 싣고 가는 리어카 위에도 좋고

고독한 방랑자의 발등이면 더 좋으리

생의 무게만큼 날아올라

암울함이 산란하는 落島 어느 병상에

비처럼 뿌려지면

머뭇거리는 봄 햇살보다 더 좋으리니

너의 삶을 견인하는 바람이 오늘은

오래된 편지처럼 고독한

내 작은 창으로 불었으면 좋겠다

2004년 《미네르바》 등단. 시집 『오답으로 출렁인 저 무성함』 외

성 김대건 안드레아 신부님께

이해인

200년 전 당신이 태어나신
이 땅에 오늘은 기도처럼 조용히
가을비가 내립니다
이 세상에 태어나서
만 25년을 머물다 떠난 당신
첫 사제로 서품 되어 순교할 때까지
눈물과 고통의 시간을 살아야했던
한국 최초의 사제인 당신
사랑한다는 말도 존경한다는 말도
당신 앞엔 너무 가볍기만 하네요
2021년 유네스코가 정한
세계의 인물로 빛나는 당신
탄생200주년 기념우표 속에
십자가를 들고 은은히 미소 짓는
당신의 그 모습을 가만히 바라봅니다
존재 자체로 한 편의 거룩한 시가 되신
당신 앞에 새삼 무슨 말이 필요할지
그저 막막하고 무력할 뿐입니다
어떻게 살아야할지 몰라 힘들 땐

손수 쓰신 편지를 읽습니다
"이런 황망한 시절을 당하여
마음을 늦추지 말고 도리어 힘을 다하고
역량을 더하여 마치 용맹한 군사가 병기를 갖추고
전장戰場에 있음같이 하여
싸워 이길지어다"
당신의 편지는 오랜 세월 지나도
생생하게 빛나는 진리의
목소리로 살아옵니다
요즘의 우리에게 필요한 이 말씀을 새기며
일상의 싸움터로 나갈 채비를 합니다
눈물 어린 눈을 들어 하늘을 봅니다
박해의 칼 아래 무참히 쓰러진
당신의 그 마지막 순간을 기억하며
오늘은 조금 울어도 되는지요?
피 묻은 당신의 이름을 기억하는 것만으로도
작은 기도가 되겠는지요?
박해가 없는 시기를
마음 놓고 편히 살면서도

신앙의 뿌리가 튼튼하지 못하고
자주 흔들리는 이 땅의 우리를
가엾이 여겨주십시오, 신부님
가장 가까운 이들조차
제대로 사랑하지 못 해
답답하고 괴롭기 그지없는 우리를
용서 해 주십시오, 신부님
이웃 위해 목숨 바칠 준비가 되지 못한
우매하고 나약한 우리들이
당신의 편지를 다시 읽으며
새 힘과 용기를 얻도록 도와주십시오
모르는 누군가를 위해서도
상처 받고 피흘리며 목숨 바칠 수 있는
무명의 순교자가 될 수 있도록
전구하여 주시길 청하면서
겸손되이 사랑을 고백합니다
"저는 그리스도의 힘을 믿습니다"
"비록 여러분의 몸은 여럿이나
마음으로는 한 사람이 되어

사랑을 잊지 말고 서로 참아 돌보고
불쌍히 여기며……"
"서로 우애를 잊지 말고 도우면서
부디 삼가고 극진히 조심하여 주님의 영광을 위하고
조심을 배로 더하고 더해갑시다"
"마음으로 사랑해서 잊지 못한 여러분
여러분의 영혼을 위한
큰일을 경영하십시오"
200년이 지났어도 20대의 청춘으로 살아 와
사랑의 길로 모든 이를 초대하는
우리의 첫 사제 첫 영웅
신앙의 큰 스승이며 늘 푸른 큰 애인
성 김대건 안드레아 성인이시어
이제와 영원히 찬미받으소서
우리를 위하여 빌어주소서.
우리도 마침내 당신을 닮은
성인되게 해 주소서. 아멘!

1976년 시집 『민들레의 영토』 외

사람아 흙에서 왔으니 흙으로 돌아가라

이화은

사제는 내 이마에 재를 얹었다

이곳의 죄는 모두 소멸 되었다

순결의 땅임이 증명된 것이다

내게 죄 없는 몸이 한 뼘이나 있다니

이마에 닿았던 뜨거운 입술의 흔적은

이제 유적이 되었다

1991년 《월간문학》 등단. 시집 『절정을 복사하다』 외

터널을 지나며

장석남

터널에 들어서면
자동차의 소리가 바뀌지
어떤 징조(徵兆)와도 같이

뚫은 길이라니!
혁명을 닮은 걸까?
즉각, 저쪽에 닿는
용맹정진의 풍경인가?
이내, 저편의 출구는 빛

이제 혁명은 없는 시대
폐광과도 같은 그저 그런 시대
칡넝쿨 속으로 들어가는
폐 도로, 바닥에 보랏빛 칡꽃이 낭자한
젊은 여름날

터널에 들어서면
소리가 바뀌지
어떤 징조도 아니고

환청도 아닌
터널의 소리

수없이 터널을 나서면서도
그대로 내가 나일 것만이
끝내 푸른 통증일 훗날의 그 하루가
못내 미웁다

1987년 《경향신문 》 신춘문예 등단. 시집 『새떼들에게로의 망명』 외

사람의 아들

— 고 이태석 신부

장순금

아프리카 수단에 예수가 다녀갔다
하늘도 흙도 얼굴도 까만 땅에 와서
우윳빛 눈물을 꺼내놓고 갔다
한센 환자도 아이도 노인도 군인도
예수가 놓고 간 눈물을 먹으며

눈 속에 음각된 눈물을 오래 생각했다
눈물 속에서 악기 소리가 나고
터진 발톱이 보이고
꿈같은 세상이 눈앞에 펼쳐졌던 아이들은
성당보다 먼저 지은 학교로 모여
빈 집 같은 책을 폈다

하얀 치아, 하얀 손바닥으로 서로 맞잡고
예수가 잠시 살다간 땅에서 하늘 보는 법을 배웠다
밀알이 방울방울 떨어져 온 나라에 양식이 퍼졌다
눈물을 놓고 간
아프리카로
예수의 친구들이 부지런히 오고 있는 중이다

1985년 《심상》 등단. 시집 『햇빛 비타민』 외

그 분이 손바닥을 펴실 때*

장옥관

봐라, 부활이다.
꽃이 피었다.

꽃은 정말 어디서 오는 걸까요, 신부님. 가지 꺾고 둥치
베어 들여다봐도 꽃잎 한 장 없는데 해마다 이 환한 꽃잎
은 어디에서 오는 걸까요. 혹시 우리 잠든 동안 "그분"이
붙이고 가신 건 아닐까요.

"봐라, '나'다"라시며
부활하신 그분이 오셨다.

그렇다구요? 그런데 "그분"은 왜 항상 보이지 않게 나
타나시는 건가요. 왜 굳이 눈물 뒤에 몸 숨기시는 건가요.
흔들리는 나뭇잎 통해 바람을 알 수 있듯이 부활하는 꽃
보며 "그분"을 만나야 한다구요?

그분이 손바닥을 펴실 때
꽃들도 가슴팍을 폈다.

116

그런데 신부님, 사람을 혼魂과 백魄으로 나누듯 꽃도 육체와 영혼으로 나눌 수 있지 않을까요. 아니라면 어찌 생일마다 미역국 챙겨주시는 어머니처럼 해마다 잊지 않고 찾아오겠습니까.

꽃이 봐 달라고
촛불같이 화안히 피었다.

신부님이 보시는 그 꽃은 촛불 닮은 목련인가 봅니다. 목련은 언제나 환한 빛 머금고 있지요. 보랏빛이 죽음의 빛이라면 흰빛은 생명의 빛. 그래서 부활절 제의祭衣가 보랏빛에서 흰빛으로 바뀌는 거로군요.

봐라, 꽃이다.
꽃처럼 아름다운 부활이다.

"그분"이 "꽃"이듯 "빛"이 "그분"이겠지요. 이 부활 앞에선 이토록 만유가 지극해집니다. 그러므로 지금 우리가 해야 할 건 오직,

부활하신 "꽃" 눈부시게 바라보는 일.

* 이정우(알베르또) 신부(1946~2018)의 시, 「부활 2」를 빌려 짜 깁기했음.

1987년《세계의문학》등단. 시집 『황금 연못』 외

.

신발

정호승

나는 그분의 신발을 들고 다닌다
지금까지 내가 살아오면서 한 일이라고는
그분의 신발을 들고 다닌 일밖에 없다
그분의 신발에 묻은 먼지로 밥을 해먹고
그분의 신발에 담긴 물로 목을 축이며
잠들기 전에 개미처럼 고요히 무릎을 꿇고
그분의 신발에 입 맞춘 일밖에 없다
언제나 내 핏속을 걸어다니시는 그분
내 심장 속을 산책하다가
심장 속에 나무를 심으시는 그분
그 나무가 자라 꽃을 피우지 못해도
그 나무의 열매가 되어주시는 그분
그분은 아무것도 지니지 말고
신은 신발 그대로 따라오라 하셨지만
나는 언제나 새 신발을 사러 가느라
결국 그분을 따라가지 못하고
오늘도 그분의 신발을 들고 다닌다
그분의 발에 밟혀도 죽지 않는 개미처럼
그분의 발자국을 들고 다닌다

발자국의 그림자를 들고 다닌다

1950년 하동에서 출생해 대구에서 성장. 1973년 《대한일보》 신춘문예 등단. 시집 『슬픔이 기쁨에게』 외

길의 역사
— 성 안드레아 신부님

조승래

천주의 길을 따라 갈 뿐 때리고 죽여도
역시 이 길을 갈 뿐
하신 그 길을
임의 증조부도 아버지도 임도 가셨더이다

어느 누가 지나갔다고 길이 되는 것은 아닌
뒷사람이 감히 밟을 흉내도 낼 수 없는
발자국이 없어도 발자국이 되는 길

박해를 순교로 이겨 이 땅
구원의 묵주로 자유로운 믿음의 길 내어
사랑과 평화 주셨나이다

날마다 감사하는 마음
두 손 모아 임이 내신 아득히 먼 길
우러러 보옵나이다

2010년 《시와시학》 등단.
시집 『어느 봄바다 활동성 어류에 대한 보고서』 외

망초 꽃 하나
― 성 김대건 안드레아 순교자 무덤가에서

조창환

솔뫼에서 미리내까지
흰 망초 꽃 흐드러지게 피어 있습니다
그 중 제일 먼저 핀 깨끗한 꽃이
스물다섯 살, 아름다운 목숨이네요

화살 꽂힌 귀
회 뿌린 얼굴
선혈 쏟아지는 허공 아득히
천지간에 번득이던 푸르른 칼 빛

그 칼 빛 스러져서 천지간 캄캄할 때
사람의 길을 벗고 하늘 길 따라
홀연히 떠올랐던 드높은 목숨 하나
휘황한 별빛 되어 하늘 길 비추시네요

망초 꽃 흐드러진 골짜기마다
당신을 품어 안은 아버지의 영이
이 나라 천지를 또 저리 환하게 비추시네요

1973년 《현대시학》 등단. 시집 『저 눈빛, 헛것을 만난』 외

단축번호

최 금 녀

내 마음 속 깊은 곳에
그분과 나만 아는
단축번호 하나 가지고 있다

나, 사는 동안
서버를 찾지 못해
이리 저리 마우스를 누르면
걱정 말라
들리는 그분의 음성
나만의 비밀번호

한 세상 설핏 살고
이 세상 떠날 때
그 번호 누르고
이제 막 길 떠난다고 말씀드리면

내밀어 주실 손

그분과 나만 아는 단축번호 하나
가지고 있다

1998년 《문예운동》 등단. 시집 『바람에게 밥 사주고 싶다』 외

서해바다를 지팡이로 적셔 보다
— 유동원 형에게

최동호

비가 온 다음 햇빛 부신 날 오후 평택에 갔다. 앞으로 두세 달 정도밖에 살지 못할 거라는 주치의 경고를 두 번이나 극복한 육십여 년 옛 친구의 되찾은 건강을 축복하기 위해 봄 바다에 한번 가보고 싶다는 그를 동행했다.

평택 서부두는 고깃배 서너 척 떠 있을 뿐 부두라고 말하기 힘든 작고 한가한 어항이었다. 서해대교 위를 질주하는 차량들의 굉음은 하늘을 뚫고 포탄처럼 날아가는데 교각 아래 바닷물은 아늑하고 잔잔하게 윤슬을 빛내며 출렁거리고 있었다.

우리는 봄날 오후의 햇빛 부신 바다 풍경을 지긋이 바라보며 한동안 음악을 들으며 봄빛처럼 빨리 날아가 버릴 생의 시간도 잠시 헤아려 보았다. 차에서 내려 바닷물에 손을 담가보았더니 아직 냉기를 머금은 바람이 수면 위로 불고 있었으나 물속은 따스했다. 물고기가 파도를 몰고 오듯 이미 바다 속으로 봄이 돌아온 것이었다.

바닷물을 내가 손으로 휘적셔 보고 있는데 그는 바닷물에 지팡이를 넣어 흔들어 보이며 소년처럼 웃고 있었다. 지구 반대편에서부터 푸른 대양을 끌어온 바다는 한적한 부두까지 멈추지 않고 달려와 힘찬 소생의 힘으로 병인의 지팡이를 흔들어주고 있었다. 살아났다는 감각은 병고로 수척한 그의 얼굴에 웃음이 빛나게 했다.

1976년 《중앙일보》 신춘문예 문학평론 당선.
시집 『황사바람』 『아침책상』 외

재

최문자

재의 수요일
누구는 돌을 나르고
누구는 구멍을 파고

수요일엔 나만 남았다

눈과 귀가 깨끗해지는
나무 다리를 보러 가자고 했다

마리아를 올려다 본다
은총이 비처럼 내리거나 딱딱하기도 하고
처음 사랑처럼
목이 메이기도 했다

그는 거미가 아닌 것 같다
어떤 줄도 치지 않았다
줄 없이 어디 쯤에서 우리를 만나준다
간절했던 것과 늘 반대 방향으로 나와 있는
나무로 만든 다리

다리는 너무 희미해서
강물을 넘을 때
보이다가 보이지 않다가 했다

수요일은
나무다리를 건너기로 했다
이마에 재를 바르고
맨발로 엎드리고 귀를 막는다

나쁜 것들은 쌓이거나 가라앉았다

강철로 만든 죄 위로
둥둥 떠다니는 불빛

곳곳에 떨어뜨린 기도에 내 슬픔이 걸린다
멀리서 내가 재를 터는 소리를
그가 듣고 있다

우리는 재가 만발한다
오늘밤 참회는 죄다 아주 무참하게 길어질 것이다
하나님은 뒷문을 잠그고 들어야 한다

1982년 《현대문학》 등단. 시집 『귀 안에 슬픈 말 있네』 외

그 수첩 속에는

한영숙

가로 5cm 세로 7cm 되는
꽤 바랜 수첩 속에는
모나미볼펜심 서툴게 눌러쓴 낯익은 필체가 고물거리
고 있다
'82年 9月 5日 돼지 딩갓슴'을 시작으로 해서
페이지마다 소, 염소, 토끼들 교배 날짜들이 빼곡히 적
혀있다
'98年 6月 10日 소 딩갓슴'을 마지막으로
마저 채우지 못하고 끝이 나 있는 남은 페이지 한 장
그 곳엔 오직 잉태의 순간만을 손꼽아 기다리며
도수 높은 돋보기로
벽에 걸린 달력 숫자들을 뚫어지게 들여다보았을
허리 구부정한,
아직도 뒷짐 지고 골똘히 서성이고 있다
요즘 조금만 심사가 뒤틀려도
그 사람 전화번호 박박 지워버리는
내 수첩과는 달리
이빨 악물고 산통 참아내는 가축들이
그의 수첩에서 머리받이물 터트리며 우렁차게 환희를

쏟아냈었다
　참으로 애썼다며 묵주기도로
　그 등 토닥여주는 갈라터진 손가락마디에는
　메추리알만한 관절염이 여전히 팅팅 눈알을 부라리겠
지만
　그래도 식을 줄 모르는
　새 생명이
　꽤 바랜 저 수첩 속,
　갈피마다 옹알옹알 옹알이를 하고 있다

2004년 《문학선》 등단. 시집 『푸른 눈』

있어야 할 사람

한영옥

프란치스코 회관은 알맞은 곳
낙엽 가을에서 나목 겨울까지
'예수는 누구인가' 강의를 들었다
수강생들은 모두 여자였고
강사 또한 키가 크고 눈이 큰
씩씩한 여성 신학자였다
수강생들은 과부와 고아들
고향 떠난 사람 심정을
꼼꼼하게 박음질 해보려고
차오른 재채기를 삼켰다
'예수는 누구인가' 강의가 깊었다
분명히 있었던 사람
꼭 있어야 했던 사람
내내 있어야만 할 사람
수강생들 옷차림이 푹신해지며
겨울이 깊어가고 있었다
푹신하게 눈도 쌓이곤 했다.

1973년 《현대시학》 등단. 시집 『다시 하얗게』 외

목숨의 심지에 불 당겨

허영자

목숨의 심지에 불당겨
기꺼이 사르음이여

그 불빛
황야의 어둠을 물리치고

그 기상
잠든 누리를 흔들어 깨웠습니다

진하고 진한 피
박해의 칼날 앞에 흩뿌릴 제

하늘에선
은총의 꽃비도 내렸다 하더이다

오늘 우리들이 비겁할 때마다
새로 치명致命하시고

우리들이 불의와 타협할 때마다

또 다시 순교殉敎하시는

그 무궁한
삶과 죽음이여

정결한 백랍白蠟이듯
떨어지는 한 송이 꽃이듯

목숨의 심지에 불당겨
사랑과 믿음을 증거하심이여.

1962년 《현대문학》 등단. 시집 『가슴엔 듯 눈엔 듯』 『조용한 슬픔』 외

성 김대건 안드레아 신부님께

허형만

이 나라 최초의 사제이신 성 김대건 안드레아 신부님,
저는 올해로 신부님 탄생 200주년 희년을 기도로 지내
고 있는
의정부 교구 원당성당 허형만 가브리엘입니다.
신부님은 한국인 최초의 사제이자 성직자들의 수호자
이시며
저희 의정부 교구 주보성인이십니다.
신부님께서 200년 전 태어나신 솔뫼성지를 방문하고
신부님 나이 스물여섯에 순교하신 새남터 처형장을 돌
아보던 날
유난히 밝고 맑은 바람과 햇살이 온몸을 감싸돌아
참으로 영광스러운 순교자
김대건 안드레아 신부님의 숨결로 황홀했음을 잊지 못
합니다.
주님을 믿는다는 것은
십자가를 지고 그분의 고난을 함께 가기 위해섭니다
오늘도 신부님의 말씀을 따라 함께 갑니다.
신부님께서 상해에서 보낸 편지와 감옥에서 보낸 편지
를 읽으며

오늘도 신부님의 고난과 십자가의 길을 묵상합니다.

그리고 기도합니다.

천상의 모후이신 성모 마리아님. 저희를 위하여 빌어주소서.

성 김대건 안드레아 신부님. 저희를 위하여 빌어주소서.

1973년 《월간문학》(시), 1978년 《아동문예》(동시) 등단.
시집 『바람칼』 외

오래된 미래*

홍신선

협소한 사무실 창턱에 올려놓은 소형화분에서
철 그른 채송화 몇 송이 피었다.
세상에나, 아침해 들면 여전히
꽃은 송이마다 방석 내다 깔 듯
붉고 둥근 몇 닢 그늘 펴서 깔고 훔쳐낸다
거기 바닥엔 자잘한 새끼 개미나
부스러기 옛 애기 두어 토막 뒹굴기도 하는데
적막은 서로 무릎 베고 길게 눕기도 하는데
어느 덧 마실길 떠돌던 미세먼지도 슬몃슬몃 끼어들어
오고
흙 속엔 누군가 듣다 내버린 언제 적 귀 한 짝도 터져
있어
끼리끼리 한 집안처럼 편히 둘러 앉거나
마을 대동회大同會처럼 오순도순 모여 떠들곤 한다.
두 손 모은 채 저 따듯한 소국과민小國寡民**의
압축된 동네 들여다보면서
나도 그만 저 그늘동네에 주민등록 옮겨가 살까.
이내 그늘 걷고 바늘귀만한 씨앗 속 이사 갈
두어 송이 꽃 따라 먼 먼 미래 들어가 살까.

소형화분 늦여름 채송화들 치켜 올린 어깨 너머
유리창 밖 바라보니 그곳 원산遠山 역시
허리께 기웃기웃 대던 구름 행객들
엊그제에다 멀찍이 앉혔는지
새삼 볕살 더 느긋한 새참 때다

* H. 호지의 책 제목을 빌었음.
** 노자가 상상한 이상국가.

1965년 월간 《시문학》 등단. 시집 『서벽당집』 외

위대한 솔뫼성지

홍윤표

솔뫼는 당진 우강의 땅
그 곳엔 천주교 한국 최초 신부인
안드레아 김대건 신부가 세상에 태어난 곳
천주교 신앙에 독실가족으로 대대로
계승해 온 가문에 천주교 역사에 문이 열렸다
초록빛 강물이 천지에 바람을 부르듯
김대건 신부는 천주교 포교활동에 남다르게
역사가 말한 기해박해로
순교 당한 아픔은 가톨릭의 역사던가
프랑스 신부 모방에 의해 신학생 발탁으로
유유히 천주교리가 남달리 깊어
선교사로 순교정신이 해양을 탔고
바오로 2세로부터 성인 추대는 한국최초
신부로 하늘의 뜻이자 영광이었네
한국에 선교활동은 순탄치 않음에 혹독한
국금에 죄를 범하니 한강변 새남터
형장에 군문효수형의 순교의 길이었다니
그 아픔과 슬픔은 끝이 없도다
여기 당진에 터 잡은 위대한 솔뫼성지

빼어난 국내성지로 명성을 높여 길이길이 빛나
신부의 순교정신을 추모와 보전할 영원한 솔뫼성지
늘푸른 노송과 함께 기품이 빼어나도다
2021년! 안드레아 김대건 신부 탄생 200주년
그 기쁨에 생가지 앞에 추모탑 앞에 기념관 앞에
가톨릭 정신을 계승한 성인을 우러러
존경의 마음에 두 손 합장하나니
공경으로 추모할 우리의 명당, 솔뫼성지여!
가톨릭 정신이 싹튼 명승지로 영원히 빛나리

충남 당진 출생. 1990년 《문학세계》 등단.
시집 『겨울나기』 『어머니의 바다』 외

솔뫼성지를 베꼈다

황영애

소나무 우거진 산으로 들어간 기도는 나비가 되었어요
그때의 기억과 희망을 알까요
나비는 긴 대롱을 잃어버렸고
당신은 아레나에서 붉은 뺨을 잃어버렸어요
어디에서 찾아야 할까요
깊숙한 울음이 무늬가 된 나무의 몸만 있는 곳
잎은 무성한데 이제 당신이 없군요

짧은 생을 뜨겁게 살았던 순교자의 고독했던 길
오래도록 찬양하는 나비가 생겨났고
숭고한 집을 지어 들장미 문양으로 지붕을 덮었죠
십자가의 길에는 고해성사하는 나비들이 가득해요
가끔 창조의 신과 함께 다녀간다는 당신,
어떤 새벽
어떤 정오
어떤 저녁에도 다녀갔다고 노송이 말해줬어요

생의 길을 잃지 말라던 엄마의 말씀이 생각나요
나비의 대롱을 묻은 이곳에 뿌리 내렸나 봐요

당신의 전언과 같군요
엄마와 당신의 말씀은 참된 진리였어요
기도가 만든 나비는 성지 순례를 하며
당신이 남긴 성수로 오직 배반을 용서하는 중이겠죠

경북 안동 출생, 시집 『내가 낯설다』 『사과껍질에 베인 상처에 대해』

김대건 신부 탄생 200주년 기념 시집

내 안에 너 있으리라

초판발행 2021년 11월 17일

엮 은 이 당진문화재단·한국시인협회
지 은 이 김남조 외
펴 낸 곳 시인생각
등록번호 제2012-000007호(2012.7.6)
주   소 ㉾10364
         고양시 일산동구 호수로 688. A-419호
전   화 050-5552-2222
팩   스 (031)812-5121
이 메 일 lkb4000@hanmail.net

＊ 이 책은 당진 당진 당진문화재단 지원으로 제작되었습니다.